KB216497

정의웅 제4시집
물망초

국립중앙도서관 출판예정도서목록(CIP)

물망초 = Forget me not : 정의웅 제4시집 / 지은이 : 정의웅. --
서울 : 한누리미디어, 2017
  p. ;   cm

한자표제: 勿忘草
ISBN 978-89-7969-743-8 03810 : ₩10000

한국 현대시 [韓國現代詩]

811.7-KDC6
895.715-DDC23   CIP2017013800

정의웅 제4시집

물망초

(勿忘草, Forget me not)

한누리미디어

시인의 마음

먼먼 구름 속으로 사라져가는 마음을 멈추어서
그림 같은 아름다운 시를 꿈꾸며
하나하나 다독여 잊을 수 없는 추억들을
독자들의 아름다운 마음에 고이고이 담아 드릴려고
저의 영혼과 마음의 영상을 올려드렸습니다.

지나간 밤하늘의 별빛 속에
처녀작 '꿈으로 온 한 세상' 과 제2시집 '사랑의 계절'
제3시집 '모닥불' 을 얹어두고
서기 충만한 밝은 날에 제4시집 '물망초' 를
다시금 독자들의 가슴에 안겨 드릴려고 합니다.

9

그간 변함없이 보내주신 그 고마운 마음을
가슴 깊이 간직하고
소중한 인연들께 다시 한 번 감사드리며
사랑하는 나의 혈육과 멀고 먼 조상
그리고 부모님의 영전에 이 글을 올려 드립니다.
감사합니다.

차례

제1부 불국사의 종소리

30 _ 님의 슬픔은

31 _ 밝아지는 불빛

32 _ 개나리는

33 _ 거지왕자란

34 _ 빛나는 도전

35 _ 따뜻한 동행

36 _ 불국사의 종소리

37 _ 석굴암을 그리며

38 _ 꿈속을 더듬는 아궁이

39 _ 문풍지

40 _ 무정한 마음

41 _ 흐뭇함은

42 _ 따오기의 추억

44 _ 달갑지 않은 모습으로

46 _ 핵구름이 비치는

47 _ 몰입

48 _ 귀성의 미로에서

50 _ 탈진

정의웅 제4시집

정의웅·제4시집 | 물망초

시인의 마음 · 9
작품해설/ 한국정서 최고수준의 대향연집 · 홍윤기 · 15
작품후기 · 131

제 **2** 부　새들의 속삭임

52 _ 물망초

53 _ 구절초 꽃

54 _ 다가오는 빛처럼 미소 짓네

55 _ 멀고 먼 거리

56 _ 잊혀진 행복

57 _ 거리의 천사들

58 _ 영생을 꿈꾸네

60 _ 시간의 흐름

61 _ 꿈속의 궁전에서

62 _ 순간에서 잠시잠깐

63 _ 악화는 양화를 구축한다

64 _ 먼 먼 추억 속에서

65 _ 신의 축복이여

66 _ 다가오는 해를 바라보며

67 _ 새들의 속삭임

68 _ 신은 외로운가

69 _ 사랑은

70 _ 엇갈린 찰나

11

차례

제3부 잊혀진 이름이여

72 _ 덜 깬 꿈속에 늑대와 춤을

73 _ 건들마

74 _ 예지의 눈으로

75 _ 삶은 모험

76 _ 아름다운 분신이네

77 _ 붙박이

78 _ 만남과 헤어짐은

79 _ 잊혀진 이름이여

80 _ 기다려주는

81 _ 누구를 위하여 종은 울리나

82 _ 주마등

83 _ 그대 마음을 아꼈으면

84 _ 영혼의 그림자

85 _ 가냘픈 마음

86 _ 선지자의 비애

87 _ 길 잃은 낙엽

88 _ 그리운 님

89 _ 또 다른 세상

12

제4부 영혼과의 대화

92 _ 저 멀리 산은 나를 부른다
93 _ 사랑도 운명이런가
94 _ 빛이여 오래오래 머물러다오
95 _ 외로운 주목나무
96 _ 다가오는 분노
97 _ 가이 없는 사랑의 길목에서
98 _ 영원한 사랑과 진실
99 _ 들국화에서
100 _ 떠나가는 운명
101 _ 믿음과 사랑
102 _ 영혼과의 대화
103 _ 숨어버렸네
104 _ 주홍글씨
105 _ 애모
106 _ 위기는 기회
107 _ 애타는 마음
108 _ 어쩌다 알게 된 이름이여
109 _ 강 건너 불구경
110 _ 인생의 마지막 노래

13

차례

제 5부 또 다른 내일

112 _ 흑조

113 _ 보이지 않는 끝없는 방랑자

114 _ 삶은 이래도 저래도

115 _ 해 저문 저녁

116 _ 또 다른 내일

117 _ 그 날이 올 때까지 · 3

118 _ 슬픈 연가

119 _ 먼 먼 추억 속에 기다리고 있겠네

120 _ 이웃 사랑의 손길

121 _ 난의 그림자

122 _ 맞이하는 진객

123 _ 자기의 실체를 잊어버릴 때

124 _ 가장 소중한 것

125 _ 언어의 묘미

126 _ 디딤돌

127 _ 자연을 바라보다

128 _ 느낌은

130 _ 기다리네

| 정의웅 제4시집

한국정서韓國情緒 최고수준의 대향연집大饗宴集

— 정의웅 제4시집 《물망초》(勿忘草, Forget me not)의 시세계

龜岩 홍윤기

日本 센슈대학 대학원 국문학과 문학박사
한국외국어대학 외국어연수평가원 교수
국제뇌교육종합대학원대학교 국학과 석좌교수(현)

참신한 신록의 계절을 맞아 한국현대시문학연구소 이사 정의웅 시인의 네 번째 시집 《물망초》(勿忘草, Forget me not)가 상재되어 경사로운 가운데 한국시단은 청송의 물결로 은은하게 넘실대고 있다. 학암鶴岩 정의웅 시인의 詩世界는 지금껏 감히 추종할 수 없는 빼어난 이미지네이션의 경역을 확장하며 오늘의 시단에 확고하게 자리매김한 이래, 끊임없는 화제와 새로운 찬사를 거듭 받아오고 있다.

이번의 이 작품집 《물망초》에서는 민족사에 빛나는 신라불교예술의 정화精華 〈석굴암을 그리며〉와 〈불국사佛國寺의 종소리〉로써 독자들의 심금을 한민족 청사靑史의 유구한 파류波流로서 온화하게 어루만지며 부드러운 감동으로 넘치고 있

15

다. 그런가 하면 인간계에서의 사물에 대한 과욕 등 온갖 집착으로 인한 그 무엇보다도 소중한 휴먼 콘텐츠를 상실하거나 망각하지 말자는 각성으로서 鶴岩 정의웅 시인은 그 중대한 사항을 릴리컬한 세기적 페이블 '물망초(勿忘草, Forget me not)'로써 이번 제4시집의 표제로 삼아 자못 뜻 깊다고 간주하련다.

실바람 부는
언덕에 오르면
애틋한 마음을 나누고
파란 물가 언덕에 서서
물 건너 기슭에
아름다운 꽃을 꺾어 주려고
다뉴브 강을 건너
물살을 가르며
사랑하는 님을 위해
꽃을 꺾어 던져주고
물살에 휩쓸려
떠내려가면서
보이질 않는 어두운 미래로
나를 잊지 마세요(Forget me not) 하고
애절한 마음으로 사라져 버렸네

*세월이 지나가도 물망초 꽃은 피고 지고, 다뉴브 강둑 옆에 꿈과
사랑이 외롭게 홀로 피어 있는 슬프고 아름다운 전설적인 이야기

– 〈물망초〉 전문

16

너무나도 순수하고 애틋한 그 한 마디, '나를 잊지 마세요.' 평자評者 구암龜岩은 여기서 학암鶴岩 정의웅 시인의 그 순수하고 해맑은 시심에 경도傾倒 당하고야 말았다. '나를 잊지 마세요'는 세계적으로 이름난 '이솝'의 우화라기보다는 오늘 21세기 한국현대시인 정의웅의 가장 숭고한 이상이 담긴 '진어' 眞語라고 감히 칭송하련다. 뛰어난 시인에게는 '남의 눈에 보이지 않는 것을 자기 혼자만이 볼 수 있다'는 특권과도 같은 독보적 존재감이 보장된다고 말하고 싶다.

그러기에 정의웅 시인을 마주 대하면서 떠오르는 것은 프랑스의 천재시인 장콕토의 명언이다. 즉, "남이 볼 수 없는 것을 보는 시인은 그 시대의 유일무이한 대표 시인이다." 참다운 詩는 영감(靈感, 인스피레이션)의 소산이다. 그러나 그러한 인스피레이션을 타고나는 시인이야말로 좀처럼 찾아볼 수 없는 게 현실이다. 따라서 정의웅 시인은 이 시대의 선각자적인 존재가 아닐 수 없다. 남이 볼 수 없는 것을 볼 수 있는 유일한 시인은 이른바 '영혼의 엔지니어'이다. 영혼의 세계를 주름잡는 눈부신 영감의 소유자이기에 말이다.

모든 영성체는
느끼지도 보이지도 아니한
영혼이 스며있네

멀고도 가까운 곳
나타나지 아니한
마음이 그를 지나

다소곳한
맑고도 맑은
우린 느끼네

미명이 밝아올 즈음
깊고도 얕은 사랑이 있어
마음으로 느끼고
보이질 않는 맑고도 맑은
사랑으로 스쳐 지나가
영혼과의 대화였네

- 〈영혼과의 대화〉 전문

영혼의 엔지니어 정의웅 시인은 '영혼과의 대화'를 하고 있다. 그렇다. "모든 영성체는/ 느끼지도 보이지도 아니한/ 영혼이 스며있"다는 대전제를 제시한다. 그렇다면 영혼의 실재는 어떠한가. 그 해답은 "멀고도 가까운 곳/ 나타나지 아니한/ 마음이 그를 지나/ 다소곳한/ 맑고도 맑은/ 우린 느끼"게 되고, 그리하여 우리는 "미명이 밝아올 즈음/ 깊고도 얕은 사랑이 있어/ 마음으로 느끼고/ 보이질 않는 맑고도 맑은/ 사랑으로 스쳐 지나가/ 영혼과의 대화"를 하였던 것이다. 명시名詩라는 詩가 어디 따로 뚝 떨어져 있는 것은 아니다. 바로 이렇게 우리들 앞에 정의웅의 명시가 뚜렷하게 나타나 있지 아니한가.

우리는 언제나 진실의 답을 바로 앞에다 놓고 먼 곳을 찾아 헤매느라 온갖 시간과 정력만 낭비하고 있지는 않은지, 이제

18

우리 모두의 마음 깊은 곳을 은은하게 울려주는 영혼의 음향
에 귀 기울여보기로 하자, 정의웅 시인의 명시와 함께.

고요한 흐름 속에 불국사佛國寺의 종소리
적막을 깨뜨리는
불전을 스쳐 지나가는
허구 많은 인고의 세월
법당의 삼존불은 속세를 바라보며
슬프고 괴로운 현실의 모퉁이에 서서
요사채 한 승려 무한의 경지에
공덕의 합창기도 끝이 없다네

탑을 도는 합장하는 불자님들이 발원 소망 소원 성취
경내를 뒤흔드는 향내가 풍기고
처마 끝 풍경소리엔 믿음의 애절함이요
별이 빛나는 밤 소쩍새는 살아가는 것도 번뇌라서
어둠이 깔린 깊고 깊은 산속
바람결에 소쩍소쩍 솥이 적다 슬피 울고 있네

여생을 기대려고 부처님께 간구하니
슬프고 슬픈 나날은 아닌 듯
한없는 미소로 밝아오는 앞날을
가리키고 가리키는 먼 날을 바라보네

– 〈불국사의 종소리〉 전문

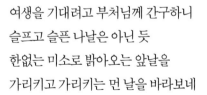

앞서 언급한 시 〈영혼과의 대화〉의 첫연에서 제시한 "멀고도 가까운 곳/ 나타나지 아니한/ 마음이 그를 지나/ 다소곳한/ 맑고도 맑은/ 우린 느끼네"는 바로 이 〈불국사佛國寺의 종소리〉를 통하여 우리는 정의웅 시인의 민족사를 거쳐 오는 유구한 역사의 울림에 절로 두 손 모아 머리 숙여 정숙하게 합장하게 된다. 민족의 역사는 말이 없다. 그러나 우리의 역사는 뜨겁게 저마다의 가슴 깊은 곳에 그윽하게 안겨 있는 것이다. 역사의 숨소리는 귓전에 들리는 것이 아니고 우리의 뜨거운 허파에 더 뜨겁게 젖어든다.

그러기에 정의웅 시인은 노래한다. "탑을 도는 합장하는 불자님들이 발원 소망 소원 성취/ 경내를 뒤흔드는 향내가 풍기고/ 처마 끝 풍경소리엔 믿음의 애절함이요/ 별이 빛나는 밤 소쩍새는 살아가는 것도 번뇌라서/ 어둠이 깔린 깊고 깊은 산속/ 바람결에 소쩍소쩍 솥이 적다 슬피 울고 있네"라고. 훌륭한 시는 그냥 마음 싶숙이 담아 보듬어 안는 것이요, 더 깊숙한 허파 속에 담고 함께 살아가는 것이다. 평자는 정의웅 시인의 〈불국사佛國寺의 종소리〉를 온몸 그득 담고 가까운 날 다시 불국사 불전에서 머리 숙이련다.

그리고 유네스코 세계문화유산으로 눈부신 국보 제24호 석굴암의 자비로운 석불전에 머리를 조아리면서 부처님의 참 세계를 지상에 완벽하게 구현해 내려 고심하며 토함산 중턱에서 불철주야 조각한 훌륭한 장인들의 모습을 마음 속에 담아 보련다. 위대한 건축가 김대성을 비롯한 한민족 대표 예술가들의 저 솜씨는 결코 이 세상 그 어느 불상과도 견주어 볼 수 없는 독보적인 세계문화유산이 아니던가.

멀고 먼 지난날
통일신라 경덕왕 때
김대성이 경주 토함산 기슭에 세운
사라지지 않는
아련한 추억을 남겼네

황량한 들판에
서성이는 마음을
한 곳으로 모으면서
너남 없이 영원을 빌고 있네

끝없는 믿음과
모든 마음의 뜻을
옳고 바르게 살아가라는
영원불멸의 신앙과
정신문화를 깊이깊이
담아놓았네

*국보 24호 유네스코 세계문화유산 지정 등재

- 〈석굴암을 그리며〉 전문

　그렇다. "황량한 들판에/ 서성이는 마음을/ 한 곳으로 모으면서/ 너남 없이 영원을 빌고 있"다는 정의웅 시인. 토함산 중턱에 신라의 슬기가 꽃핀 그 정화精華, 한민족의 불룩하고 큼지막한 앞가슴, 동해의 해돋이를 오롯이 맞이하고 있는 원만한 둥근 방과 둥근 천장. 그 한복판에 살포시 앉으신 본존 불상을 모시고 둘레로는 호위하는 보살, 나한, 천을 배치한 성전. 그렇듯 부처님의 자비 세계는 모난 것 없는 원만한 원형 세상이다. "끝없는 믿음과/ 모든 마음의 뜻을/ 옳고 바르게 살아가라는/ 영원불멸의 신앙과/ 정신문화를 깊이깊이/ 담아놓았"으니, 여기 부처님 세상은 금강역사, 사천왕 등이 굳세게 지켜지고 있으며 신라 만년, 백만 년 한민족사 위에 당당하게 빛나리라는 다짐 속에 정의웅 시인은 정유년 둥근 새해를 맞이하며 "새날이 밝았다/ 만물이 우러러 보는/ 오는 이 가는 이 적어도/ 빛은 따갑고 아름답다"고 선언한다.

새날이 밝았다
만물이 우러러 보는
오는 이 가는 이 적어도
빛은 따갑고 아름답나

더 좋은 하루를 위해서
님과 함께
먼 날을 바라보고

하루도 쉼 없이
아름답게
마음을 다해서
가는 정 오는 정
다 쏟아 담으리

님의 창가에
별이 빛나네
- 〈다가오는 해를 바라보며〉 전문

그렇다. 새해는 우리 모두에게 희망이 넘치는 한해가 되어
야만 한다. 온갖 아픔과 역경, 시련을 딛고 한민족의 앞날이
세계 속에 도약해야만 한다. 그러기에 정의웅 시인은 "더 좋
은 하루를 위해서/ 님과 함께/ 먼 날을 바라보고// 하루도 쉼
없이/ 아름답게/ 마음을 다해서/ 가는 정 오는 정/ 다 쏟아 담
으리"라는 순수무구한 의지를 동해바다 햇빛 담은 시심詩心
으로 그의 모든 애독자들 앞에서 거듭 다짐하면서 시인은 마
지막 종련終聯에서 "님의 창가에/ 별이 빛나네"라고 귀결지었
다. 하루 해가 보람차게 저물고 날 때 님의 창가에 별이 빛나
기를 다시 소망했다. 여기서 '님'이란 어떤 존재인가. 젊은이
들에게는 청춘 남녀 각자일 것이다. 그렇다면 '별'은 무엇을
메타포(은유)하고 있는가. 물론 사랑에 빠진 청춘에게는 '사
랑하는 연인'일 것. 그러나 지난 해까지 '이력서'를 써서 손
에 들고 온 거리를 숨차게 뛰어다닌 젊은 남녀에게 있어서 그
'별'이 어쩌면 '취업의 기쁜 소식'이리라.

시인은 '다가오는 해를 바라보며' 새해의 절절한 소망을
"더 좋은 하루를 위해서/ 님과 함께/ 먼 날을 바라보고" 싶다
고 했으니 안정된 일터가 있어야만 서로가 "하루도 쉼 없이/
아름답게/ 마음을 다해서/ 가는 정 오는 정 /다 쏟아 담"겠다
는 결의로써 값진 일상을 누리게 되리라는 것이다. 정의웅 시
인은 그렇듯 모든 독자들에게 저마다의 소망이 새해와 더불

어 보람 있게 이루어지기를 염원하며 이 새해 시를 썼다고 확신한다. 그런데 새들은 무엇을 속삭이고 있다는 말인가. 어디한 번 들어보자.

하늘은 푸르고
땅도 우리도
다 맑다고 느끼네

하지만
나뭇가지 사이사이
주변들이
어둡고 혼탁한
미세먼지 속

더 이상은
머물 수 없는 숲속이라고
귓속말로 속삭이네

영생을 꿈꾸고
날아서 날아서
돌아오지 않는
멀고 먼 곳
실낙원失樂園으로 떠나 버렸네

*조류인플루엔자(Avian influenza)를 상상하면서
– 〈새들의 속삭임〉 전문

가슴 아프다. "하늘은 푸르고/ 땅도 우리도/ 다 맑다고 느끼네// 하지만/ 나뭇가지 사이사이/ 주변들이/ 어둡고 혼탁한/ 미세먼지 속"이라니, 이 어찌 공해로 오염된 이 세상을 우리가 믿고 끄덕이며 살아갈 수 있을 것인가. 정의웅 시인은 공인으로서 우리의 열악한 환경 공해를 천하에 고발하고 있는 것이다. 우리가 어찌 당당하게 "건강한 아기를 낳자"고 소리칠 수 있을 것인가. 새들은 도저히 살 수 없다고 "영생을 꿈꾸고/ 날아서 날아서/ 돌아오지 않는/ 멀고 먼 곳/ 실낙원失樂園으로 떠나 버렸"다고 슬퍼하고 있다. 아니 정의웅 시인은 세상을 야단친다.

　시인은 무엇 때문에 시를 쓰는가. 정의웅 시인은 삶의 진실을 규명하기 위하여 지금 독자들 앞에서 결연히 붓을 들고 서 있다는 사실을 우리는 이 〈새들의 속삭임〉으로부터 파악하지 않으면 안 된다. 이 작품은 새들이 실낙원으로 떠나버렸다는 것을 탄식하고 있는 것이 아니고, 새들이 다시는 실낙원으로 떠나지 말게 하자는 강력한 삶의 메시지이다. 이렇듯 훌륭한 시를 쓰는 기인은 독작들로 하여금 새로운 현실을 깨닫고 감동하게 하는 최고 수준의 정신적 지도자이다. 시는 감동으로부터 시작하여 삶의 가치를 창출해주는 최고의 언어 예술이기 때문이다. 그런데 저 하늘을 보자. 아니 이번에 저것은 또 무슨 구름이냐.

　까마득한 먼 날
　아지랑이처럼 아른거리는
　더 넓고 넓은

하나 하나
아름답게 피어오르는
모든 기쁨과 즐거움이
잠시 잠깐 머물 수 없는
아름다운 공간에
폭풍처럼 불어오는
눈시울 속 눈을 뜰 수 없는
영영 사라지지 않는 모래바람이
자욱한 미래
우린 느낀다
더 아름다운 밝은 미래를
인류의 머리 위에
핵구름이 비치면
다모클레스의 칼은
그림자처럼 나타나
아름다운 먼 날을 바라보리라
그대들과 함께

*다모클레스의 칼은 존 F. 캐네디 전 미국 대통령이 1961년 핵전
쟁의 위험을 강조할 때 쓴 말

– 〈핵구름이 비치는〉 전문

정의웅 시인은 오늘의 시대에 가장 불안한 현실적 위협인
'핵전쟁'이라고 하는 인류에 대한 재앙을 심볼릭하게 풍자
하여 독자들에게 큰 공감을 받게 되었다고 본다. "까마득한
먼 날/ 아지랑이처럼 아른거리는/ 더 넓고 넓은/ 하나 하나/

26

아름답게 피어오르는/ 모든 기쁨과 즐거움이/ 잠시 잠깐 머물 수 없는/ 아름다운 공간에/ 폭풍처럼 불어오는/ 눈시울 속 눈을 뜰 수 없는/ 영영 사라지지 않는 모래바람이/ 자욱한 미래"라고 하는 험악해진 지구의 암담한 현실을 우리로 하여금 직시시켜 주는 시인의 예지. 우리는 이러한 시인의 고차원적인 삶의 가치 규명에 빛나는 메시지에 새삼 새로운 눈을 더 크게 뜬다. 얼굴 정면에 머리카락 한 가닥으로 매달린 서슬이 퍼런 '다모클레스의 칼' 날을 여러분은 알고 계신가.

　인류의 위기를 존 F. 캐네디 전 미국 대통령이 절박하게 비판한 지도 벌써 반세기가 훨씬 지난 지금도 유효한 경고 메시지라는 사실을 지혜로운 시인이 또 다시 경고하며 북쪽 하늘을 올려다본다. 그러면서 절절한 심정으로 "우린 느낀다/ 더 아름다운 밝은 미래를/ 인류의 머리 위에/ 핵구름이 비치면/ 다모클레스의 칼은/ 그림자처럼 나타나/ 아름다운 먼 날을 바라보리라/ 그대들과 함께" 인류의 참다운 자유 평화의 소망을 절절하게 노래한다. 이 어찌 선량한 온 인류 자유시민들의 절실한 의지가 아니런가.

27

　이제 독자 여러분과 함께 정의웅 시인의 고차원적 시세상 그 예지의 세계 속에서 거듭하여 시집 《물망초》(勿忘草, Forget me not)의 애독을 기대해 본다.

제 1부

불국사의 종소리

님의 슬픔은
밝아지는 불빛
개나리는
거지왕자란
빛나는 도전
따뜻한 동행
불국사의 종소리
석굴암을 그리며
꿈속을 더듬는 아궁이
문풍지
무정한 마음
흐뭇함은
따오기의 추억
달갑지 않은 모습으로
핵구름이 비치는
몰입
귀성의 미로에서
탈진

님의 슬픔은

님의 슬픔을
출렁이는 파도에 담고
떠나질 않는
눈물만 흐르고
기울고 기울려도
들리질 않고
이젠 사라지리라
님의 마음에
슬픔을 영원히
님의 가슴에 묻고
사랑도 기쁨도 슬픔도
이젠 세월 따라 물 따라
까마득하게 보이질 않고
무심히 출렁이며
흘러만 가네

밝아지는 불빛

아직은 이르다
서산에 노을이
서서히 가냘프게
그림자가 사라지는
고요히 해 저문 저녁
수많은 반짝이는 별과
맞닿을 즈음
이젠 시작이다
영혼이 가냘픈 몸매에
불을 붙이는 순간
타오르리라
주위는 밝고
어둠은 저만큼 사라지고
그대는 눈물을 흘리네
알 수 없는 앞날을 바라보듯
흐느끼는 영혼 없는 그림자가
미세한 숨소리에도
흔들리는 붉은 빛은
눈물을 가득히 안고
이젠 사라지리라

개나리는

산에도 들에도
꽃이 피네
저만큼
보일락 말락
아무도 찾지 않는
오솔길에도
계절을 시새움하듯
노오란 얼굴을
하나 둘 방긋이 미소 짓는
봄을 재촉하는
노오란 꽃을
무심코 지나가는
바람결에도 산에도 들에도
꽃은 피고지고
개나리는 피어있네

32

거지왕자란

하늘은 맑고
스스럼없이 비춰주는
빛도 따스하고 아름답네

모든 걸 허름한
모양새로
지나가는 뒷모습이
어김없는 허술한 모양새네

하지만 꿈과 이상과
그 나름대로 멀고 멀리
바라보는 끝없는
미래에 그려보는
시각은 왕자답네

몸도 마음도 영혼도
그대 어김없는 왕자라네

빛나는 도전

두려움과
조바심에서
고요한 곳에
우린 머물 수 없네

하늘과 땅 사이
미세한 바람에 스쳐스쳐
여기까지 왔네

스치는 자욱마다
그림자가 따르고
추억을 만들어가네

모든 걸 하나하나
이루는 것만이
우린 새로운 미래를
이루어가고
빛나는 도전일 뿐이네

따뜻한 동행

고요하고
아무도 찾지 않을 것 같은
차디찬 얼음이 떠다니는
동토凍土의 나라
북극을 상상하네

하지만
인류는 어렵고
춥고 추운
더더욱 힘든 곳에도
살아갈 수 있다네

보이질 않는
따뜻한 사랑이
서로서로 그대를 감싸는
따뜻한 동행일 뿐이라네

불국사佛國寺의 종소리

고요한 흐름 속에 불국사佛國寺의 종소리
적막을 깨뜨리는
불전을 스쳐 지나가는
허구 많은 인고의 세월
법당의 삼존불은 속세를 바라보며
슬프고 괴로운 현실의 모퉁이에 서서
요사채 한 승려 무한의 경지에
공덕의 합창기도 끝이 없다네

탑을 도는 합장하는 불자님들이 발원 소망 소원 성취
경내를 뒤흔드는 향내가 풍기고
처마 끝 풍경소리엔 믿음의 애절함이요
별이 빛나는 밤 소쩍새는 살아가는 것도 번뇌라서
어둠이 깔린 깊고 깊은 산속
바람결에 소쩍소쩍 솥이 적다 슬피 울고 있네

여생을 기대려고 부처님께 간구하니
슬프고 슬픈 나날은 아닌 듯
한없는 미소로 밝아오는 앞날을
가리키고 가리키는 먼 날을 바라보네

36

석굴암을 그리며

멀고 먼 지난날
통일신라 경덕왕 때
김대성이 경주 토함산 기슭에 세운
사라지지 않는
아련한 추억을 남겼네

황량한 들판에
서성이는 마음을
한 곳으로 모으면서
너남 없이 영원을 빌고 있네

끝없는 믿음과
모든 마음의 뜻을
옳고 바르게 살아가라는
영원불멸의 신앙과
정신문화를 깊이깊이
담아놓았네

*국보 24호 유네스코 세계문화유산 지정 등재

꿈속을 더듬는 아궁이

지난날의 조용한
아침의 나라
적막을 깨트리고
눈을 뜬 순간
낙엽을 끌어 모은
가랑잎을
한 줌 두 줌 집어넣는
불꽃이 타오르는 순간
온 주위는 따뜻한 마음을
우리 모두가
온기로 가득한 하루를 위해
보이질 않는 지난날의
아궁이는 꿈속을 더듬듯
활활 타고만 있네

정의웅 제4시집

문풍지

멀고 먼 옛날 옛적에
지나가는 바람도
쉬어가는 곳
서로의 얼이 담긴
떡나무로
물로 두드려
씻고 씻어
말리고 말려서
출입방문에
문풍지를 붙였네
바람이 울세라
파르르 떨리는
문간 사이
서로들 바라보고
바람이 들어올세라
모두는 문창살 바로 하고
어둠도 바람도
문풍지에 쉬어가는
해 저문 저녁이었네

39

무정한 마음

자욱마다 넘치는
님은 떠나가고
황량한 들판에
외로이 서서

가버린 님은
불러도 불러도 대답 없고
민들레 꽃잎만
바람에 흐느끼고

한낮의 빛이
심산계곡 깊은 마음 속까지
속속 스며드는
불러보아도 찾을 길 없는
적막한 산천 산새와 뻐꾸기만 울어 여의고

그립고 그리운 님은 떠나가고
꿈결이나마 만날 수 있으련만
님은 보이질 않고
아지랑이만 아물거리는
들에 핀 한 떨기
무정한 외로운 마음이었네

흐뭇함은

지금 이 곳 소슬바람 불어오는 산중턱에
나와 앉아 있으면
애잔한 그리움으로 풀잎은 바람에 흔들리고
허기진 하루하루 미래를 염려하고
지혜로운 마음으로 모든 걸 이루려고
움직여 보아도 만족할 수 없는 순간을
부단히 갈구하며 더 나은 미래를
한 걸음 한 걸음 채울 수 있는
기억조차 희미한 마음을 여미고
다소곳이 아름다운 미래에
흐뭇한 마음을 담을 수밖에 없네

41

따오기의 추억

별이 빛나는 밤에
어둠은 사라지고
새벽 햇살에
수초길 아침 이슬이
옷깃에 스칠라
조심조심 걸었네

멀고 먼 거리
우린 느꼈네
멀리서 들리는
따오기의 노래를
따옥따옥 따오기
들려만 오네

살아있는 풀벌레
메뚜기의 추억도
하나하나 그려지지만
이젠 사라져갔네

구름 속을
스쳐스쳐 가버린

따오기의 그림자가
그대 가슴에
스쳐 보이질 않고

들리지 않는
잊혀진 지난날이
종種이 사라져가는
멀리 멀리 저물어만 갔네
따오기의 추억이

43

달갑지 않은 모습으로

아무런 생각 없이
귀한 분을 맞이한다고
서로 부산하게
맞이하였고

기약 없는 마중
반가움으로
서로들 정다운 이야기를
주고받고 건네지만

만족한 웃음으로
뒤돌아보며
작별의 인사를 나누고
헤어질 때쯤
은혜와 보답은 간곳없고
창공에 달은 휘영청 밝은데

언덕 위 달을 향해 울부짖는
늑대의 울음소리 같은
달갑지 않은 마음으로
그림자처럼

| 정의웅 제4시집

드리워지고

늑대와 같은 마음으로
변신한 모습이
울려 퍼지는
마지막 장면이
달갑지 않는 모습으로
돌아와 버렸네

45

핵구름이 비치는

까마득한 먼 날
아지랑이처럼 아른거리는
더 넓고 넓은
하나 하나
아름답게 피어오르는
모든 기쁨과 즐거움이
잠시 잠깐 머물 수 없는
아름다운 공간에
폭풍처럼 불어오는
눈시울 속 눈을 뜰 수 없는
영영 사라지지 않는 모래바람이
자욱한 미래
우린 느낀다
더 아름다운 밝은 미래를
인류의 머리 위에
핵구름이 비치면
다모클레스의 칼은
그림자처럼 나타나
아름다운 먼 날을 바라보리라
그대들과 함께

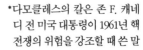

*다모클레스의 칼은 존 F. 캐네
디 전 미국 대통령이 1961년 핵
전쟁의 위험을 강조할 때 쓴 말

몰입Engagement

진정 살아가는 것은
매사에 잊어버리고
한 곳에 있는
정열을 다해서
피로 허기짐
자기의 정체성마저
잊은 채 의식이 가물거리는
순간을 불안해 하고
능력에 비해 쉬울 때는
지루함을 느끼며
진정 쉽거나 어려워도
마지막 순간을 다해
몰입하는 마음은
새로운 아름다운
행운의 빛이
그대 마음에 다가가네

47

귀성의 미로에서

우린 바라보고
더 큰 소중한 먼 먼 지난날
더 높으신 분들
서로서로 나누어
정을 드리고
이젠 떠난다

다시 즐겁고
조심해야 할 자리로
돌아가는 중
우주의 하늘길에도
2월 1일 저녁
5시경부터 9시까지
서쪽 하늘엔
초승달과 화성 금성이
일직선상에 놓이는
달 금성 사이 어둡게 보이는 화성
일몰 직전 오후 6시부터
일렬로 늘어선
명절을 뒤로 하고
별들도 명절을

인간사 아름답게
내려보고 있네
귀성의 미로에서

탈진 Burn out

따스한 체온은
온누리를 포근한 흐름으로
꿈도 사랑도
잠시 마음 와닿았다가
차가운 현실이
눈앞에 가물거리네

주위는 삭막한
아무도 돕질 않는
순간은 냉혹하고
찬 이슬만
이제 시작인데
뒤돌아보질 않는
아름다운 미래도
기진맥진한
희미한 불빛 속에
탈진상태로
머물러만 있네

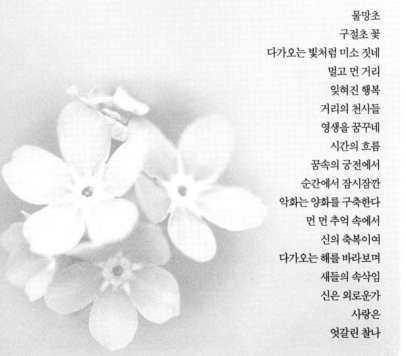

제2부

새들의 속삭임

물망초
구절초 꽃
다가오는 빛처럼 미소 짓네
멀고 먼 거리
잊혀진 행복
거리의 천사들
영생을 꿈꾸네
시간의 흐름
꿈속의 궁전에서
순간에서 잠시잠깐
악화는 양화를 구축한다
먼 먼 추억 속에서
신의 축복이여
다가오는 해를 바라보며
새들의 속삭임
신은 외로운가
사랑은
엇갈린 찰나

물망초勿忘草, Forget me not

실바람 부는
언덕에 오르면
애틋한 마음을 나누고
파란 물가 언덕에 서서
물 건너 기슭에
아름다운 꽃을 꺾어 주려고
다뉴브 강을 건너
물살을 가르며
사랑하는 님을 위해
꽃을 꺾어 던져주고
물살에 휩쓸려
떠내려가면서
보이질 않는 어두운 미래로
나를 잊지 마세요 Forget me not 하고
애절한 마음으로 사라져 버렸네

*세월이 지나가도 물망초 꽃은 피고 지고, 다뉴브 강둑 옆에 꿈과
사랑이 외롭게 홀로 피어 있는 슬프고 아름다운 전설적인 이야
기

52

구절초 꽃

찌는 듯 무더운 계절은
시나브로 불어오는 스산한 바람에
고이는 듯 마디마디 순간을 여미고
물이 흐르듯 사랑의 여운을 남기며
봉우리 속 꽃잎이 기다리면
기다리는 잎새마다
가을은 찾아오고
어김없이 음력 구월 구일이면
마디마디 아픔의 추억이 영글어지고
활짝 핀 구절초 꽃이 피고 또 지면
어김없이 애절한 가을은
강원 영월 봉래산 자락에
아름다운 가을 한 해가 구절초 품 안에서
지나간다고 함성 없는 소리로 외치며
속절없는 바람에 흔들리고
구절초 꽃 향 짙은 가을은
여울져 깊어만 가고 있네

53

다가오는 빛처럼 미소微笑 짓네

포근하고 다정한 마음이
그대 마음에 한없이
머물고 있네

차디찬 이슬이
그대 마음에
끝없이 미래를 바라보지만

가느다란 오솔길처럼
비좁은 마음은
느끼지는 못하지만

느낄 땐 이미 싸늘한
아침 이슬로 사라져
그대 마음이
한겨울 태양 아래
눈 녹듯이 녹아버리면

따뜻한 미소微笑가
그대 마음에
다가오는 빛처럼
미소微笑 짓네

54

멀고 먼 거리

조용히
바쁜 순간
우린 걸어간다
그대와 함께
때론 날아서도
알 수 없는 현실은
더 높고 더 넓은 곳으로
아무도 모르게
이루어가네

산 너머 산이 있고
강 건너 강이 있네
우릴 기다리네
우린 가야 하네
세월 따라
길 따라 가지 않으면
아니 되네
기억 속에 희미한 등불을 바라보며
멀고 먼 거리

55

잊혀진 행복

스스로
하루하루
지나가는 날은
우린 고요히
살아가도
모든 걸 느끼지만
어려움만 느끼고
하는 일에
깊이 스며 있으면
모든 걸 잊어버리고
조용하고 따사롭게
느끼는 행복을
느낄 수 있는
고요한 순간이
짧기 때문에
모든 걸 행복이란
말을 순간 잊어버리고
행복의 여울 속에
서성이면서
비좁은 마음은
오늘도 살아가고 있네

거리의 천사들

황량한 들판을 지나
멀고 먼 앞날을 바라보며
미래를 넘나드네

아무도 찾지 않을 것 같은
오솔길을 너나없이
하루도 쉼 없이 길을 가르네

가는 곳마다
흐트러진 길의 미래를
다 같이 마음의 그림자를 드리우고
거리의 아름다움을
서로 가꾸며 나가는
모두는 아름다운
거리의 천사들이네

영생을 꿈꾸네(뿌린 대로 거두리라)

자욱한
하늘의 뜻을 바라보고
오늘도 쉼 없이
차분히 다가가고 있네

성급한
미래를 바라보며
잠시도 머물 수 없는
오솔길처럼 좁은 길도
서슴지 않고 건너네

하지만 가는 곳마다
어둡고 밝은 것이
기다리고 있네

밝고 맑게 모든 걸
죄와 벌이
하늘과 땅은 알고 있네

마음을 비운다 한없이
하늘은 돕는 자를 돕는다

뿌린 대로 거두리라
우린 영생을 꿈꾸네

시간의 흐름

보일 듯 보일 듯이
수줍어 보이질 않는
세월의 흐름에
흐르는 계절처럼
우릴 부른다

빈 공간을 가로질러
다가오듯 더 가까이
우리를 일깨워 주네

아름다운 리듬도 아니고
한 걸음 한 걸음
발자욱 뒤로
새겨진 지난날을

서로서로 감지하듯
모두를 깨우치듯
다가오는 사랑도 빛도
모두가 흐르는
보이질 않는 시간의 흐름이라네

꿈속의 궁전에서

하루도
기다리는 마음으로
멀고 먼
그리움을 그리는
희미한 빛이 스미는
이루지 못한
부족한 마음을
우린 느낀다

가냘픈 미래에
아름다운 마음을
신神과의 대화로
하나하나 이루어가고
영혼과의 속삭임도
길고도 긴 순간 속에
우린 느낀다

님의 가슴에
더없는 사랑이
머물러 있으라고
꿈속에서 나는 깨어났네
아름다운 궁전에서

순간에서 잠시잠깐

우린 머물고
잠시 뒤돌아보면
스쳐간 빛이
이제 시작이네

먼 먼 하늘 속
지나가는
한낮의 뙤약볕 속에
순간은 따갑고
때론 흐려지네

언젠가는 서서히
보일락 말락 스쳐서
순간에서 영원으로
먼 먼 아지랑이 아른거리는
멀고 멀게 비쳐주고만 있네

악화惡貨는 양화良貨를 구축한다

모든 흐르는
물질의 움직임이
그대 창가에
휘날리는
가로수 잎이
창가에 스미듯이
스며 있어도
스스로 기억하고
모든 건 챙겨야
이루는 물질을
모을 수 있을 것이네
모든 건 잊어버린 마음을
되새기듯이
찾고 찾아
적은 것을 모으는
서로서로 나누는
진정 악화惡化는 양화良貨를
구축驅逐하는 것으로
그레샴gresham의 법칙은
진정 이루어지고 있네

63

먼 먼 추억 속에서

지난날을
뒤돌아보면
하나하나
엮을 수 있는
모두를 감싸는 마음
인류는 신神이 창조하신
가장 아름다운 명품이라고
모든 걸 조심조심
물이 얼은 살얼음 위를
살포시 걸으라는
신神의 가르침으로
모든 걸 조심조심
낮말은 새가 듣고
밤말은 쥐가 듣는다고
이젠 사라지리라
먼 먼 추억 속으로
그대와 다 함께

신神의 축복이여

서로 서로 가까운 곳에
머무는 보이질 않는 마음을
잔잔한 미소로
반기는 모습

아름다운 표현의 자유로
말을 아끼듯
시간을 아끼듯
깊은 마음을 우린 건넌다

징검다리 건너듯 조심조심
모든 걸 맑고 밝고
깨끗하게 드리고

하루도 쉼 없이
긍정적이고
스스로 뒤돌아보는 반성이
지나가고 있네
신神의 축복이여

다가오는 해를 바라보며

새날이 밝았다
만물이 우러러 보는
오는 이 가는 이 적어도
빛은 따갑고 아름답다

더 좋은 하루를 위해서
님과 함께
먼 날을 바라보고

하루도 쉼 없이
아름답게
마음을 다해서
가는 정 오는 정
다 쏟아 담으리

님의 창가에
별이 빛나네

새들의 속삭임

하늘은 푸르고
땅도 우리도
다 맑다고 느끼네

하지만
나뭇가지 사이사이
주변들이
어둡고 혼탁한
미세먼지 속

더 이상은
머물 수 없는 숲속이라고
귓속말로 속삭이네

영생을 꿈꾸고
날아서 날아서
돌아오지 않는
멀고 먼 곳
실낙원失樂園으로 떠나 버렸네

*조류인플루엔자Avian influenza를 상상하면서

신神은 외로운가

신神은 진정 외롭고
선善하고 착하지만
한없이 외롭게 보이네

외로운 영혼靈魂을 지닌 신神은
진정 영생永生하지만
우린 외로운 신神을 믿는다

믿음은 곧바로
한없이 다정한
부모 형제와 같은
마음으로 이어지네

신神은 아무런 흔적을 드리우지 않는
고고한 영혼靈魂을 지니고
모두에게 축복祝福을 드리우네

우린 믿는다
외롭고 홀로 우뚝 선 신神을
영원永遠히 바라보리라
꿈속에서도 빛처럼
신神은 외롭다

사랑은

먼 먼
까마득한 인류가
구름처럼 나타나는
태고적太古的
스스로 생명체는
모든 가슴 속에
스며 있는
하늘과 맞닿은
계곡에서 흐르는 물도
높고 높은
하늘에서 푸른 숲 사이를
가장 낮은 곳까지
흘러흘러 지나가듯
사랑도 가장
높은 곳에서부터
낮은 곳까지
흘러흘러
그대 마음에
티 없이 순수한 사랑이
가이없이 반짝이고만 있네

엇갈린 찰나

조용한
스스로 느끼는
옳고 그름을
이것으로 할까
저것으로 망설이다가
아름다운 마음도
모든 걸 비워 버리는
먼먼
돌아오질 않는
가버린
잠시 엇갈린 순간들이네

제3부

잊혀진 이름이여

덜 깬 꿈속에 늑대와 춤을
건들마
예지의 눈으로
삶은 모험
아름다운 분신이네
붙박이
만남과 헤어짐은
잊혀진 이름이여
기다려주는
누구를 위하여 종은 울리나
주마등
그대 마음을 아꼈으면
영혼의 그림자
가냘픈 마음
선지자의 비애
길 잃은 낙엽
그리운 님
또 다른 세상

덜 깬 꿈속에 늑대와 춤을

그대는 구름 타고
멀리 날아서
이리로 왔네

늑대와 춤을
그대가 불편하다고
몸이 허하다고
나도 마음을 추스르고
기억하고
그대는 모든 걸 다 이루고
늑대도 그림자같이
그대에게 다가가네

잠시 덜 깬 꿈속에
꿈속을 헤매고
전부 없던 걸로 하자고
이 모두가 잠꼬대이고
꿈이었음을

말끔히 헤매고 깨어났었네

덜 깬 꿈속에 늑대와 춤을

건들마

아직은 이르다
자욱한 날들이
탄천에 흐르는
작은 개울물은
해 저문 저녁 노을 빛도
시나브로 흐느끼는
계곡물의 흐름도
찌는 듯한 한낮의 빛은 저물어가고
어두운 회색 검푸른 색 자색으로
탄천의 바닥을 쓰다듬고
넓고 넓은 멀고 먼
바다를 향해
광부의 마음도
초가을 남쪽에서 불어오는
선들선들 바람 타고
쉼 없는 밝은 날을 그리며
가냘픈 미소로
서산에 노을도 저물어만 가고 있네

73

예지의 눈으로

지나가는
모든 건 허술하고
나타나지 않는 먼 날을
가슴 깊이 느끼며
보이지도 않는
마음과 영혼은
크나큰 모든 걸
깊은 멀고 먼 곳까지
천리안을 가진
예지의 눈으로
한없는 미래를
아름답고 건전한
예지의 눈으로
바라보고만 있네

삶은 모험

다가오는 하루는
자욱한 안개 낀
더 넓고 푸른 숲속을
헤쳐서 나아가듯
지나가고 있네

가는 곳마다
마음에 한없는
꿈과 이상을
보이질 않는
깊은 욕망과 꿈을
채울 수 있는 마음을
서로 나눌 뿐
만족을 베풀 수 있다고 느낀
모험만이 남아만 있을 뿐이네

75

아름다운 분신이네

몸은 여기에 있고
마음은 님에게
눈뜨면 가냘픈 모습을
움직일 수 없는
님의 창가에
빛처럼 다가가네

그대는 진정
그 님의 영원한
분신이네
오늘도 긴긴 세월 속을
스쳐 스쳐
님의 마음에 담겨만 주고 있네

붙박이

푸르름 속에
해와 달
별이 총총한
먼 곳을 지키는
생명체도 인류도
길을 헤매는
스스로 지켜가는
떨어져
비워져
멀어져
이룰 수 없는
스스로
앉을 수 있는
자리를 지키는
어쩔 수 없는
붙박이일 뿐이네

만남과 헤어짐은

어쩌다 보게 된
신비神秘의 미소로
꿈과 희망과 사랑을
미래의 아름다운
보람과 희망으로
순간을 나누고
기쁨과 즐거움과
멀고먼 희망을
서로서로 나누어 가고 있네
순간도 잠시
시간이 지나면
언젠가는 뜻하지 아니한
삶을 살아가노라면
젊음도 사라져가는
하루하루는 긴 여정의
속을 스쳐 스쳐
별이 빛나는 어둠이
찾아오면은
헤어짐의 그날이
슬픔의 그늘 속에 눈물이 고여
만남과 헤어짐은
영원한 시작일 뿐이네

잊혀진 이름이여

어쩌다
생각이 나겠지요
불러도 대답 없는
부르고 불러도
대답이 없는
꿈속에도
희미한
나타날 듯 나타날 듯
사라지는 뒷모습
부르고 불러도
대답이 없는
지쳐 버린 이름이요
부를 수 없는 이름이요
이젠 까마득히
잊혀진 이름이라네

기다려주는

길 떠나지 못한 그리움이
내 그대 그리워
아련한 그리움이
서산에 하늘길이 저물면
보이지 보이질 않는
이리도 아쉬워
찾을 길이 없으면
내 그대 꿈속에
돌이킬 수 없는
골성미로骨性迷路에 남아
지치지 않는 기다림으로
서산에 해가 저물고
달이 밝아도
그대 꿈속에 바라보는
서산에 저녁노을이
기다림으로 남아있겠네

누구를 위하여 좋은 울리나

고요한 침묵의 그늘을
모두 헤쳐 버리는
멀리서 들리는
빛의 영상이

그대 가슴에
마음의 숲속에
그림자처럼
무늬처럼 귓전을
스쳐 스쳐 들리는
잠자는 영혼을 깨우는
더욱더 가까이
울려만 주네

오늘도 은은한 소리는
가이 없이 들리고 있네
누구를 위하여
좋은 울리나

주마등

끝없이 이어지는
숱한 상상들이
안개처럼 자욱한
지난날이 주마등처럼
뇌리에 스쳐
스스럼없이
다가오는 미래는
우린 기다리고 있네

너나 다 함께
지나가지만
짧은 순간들이
시계바늘처럼
어김없이 돌아갈 수 없는
계절의 흐름처럼
이 순간도 지난날이
주마등처럼 반짝이면서
스쳐 지나가고 있네

그대 마음을 아꼈으면

새벽녘
밝은 달이
서산에 기울고
부엉새 울어울어
가버린 흔적만
기웃거리는
비춰주는 미명이
이제 떠나가고 있네

하루도 짧다고
서로서로 느끼지만
자신을 잊어버린 찰나
영혼의 아름다운 미래를
베푸는 마음을 불러
자신을 진정
사랑하고 아꼈으면
하는 마음이네

영혼의 그림자

보이지도
느끼지도
그리지도
못하는 영혼은

고요히 스며들고
우린 꿈꾼다
그대 가까이
조용히 움직이는
모습처럼

상상하면
보일 듯이 보일 듯이
그림자처럼
살포시 나타나는
멀고도 가까운
맑고 밝은 영혼은
언제나 가장 가까이
그대 마음에
스며들고만 있네

가냘픈 마음

생명체는
지니고 있는
높고 높은 허공에
뜬구름처럼

크고 작은 일들을
주저하고
망설이며
끝없이 쫓고 쫓기는
먼 날을 바라보네

조용히 사라져가는
알 수 없는
가냘픈 마음이었네

선지자의 비애

알지 못하는
모두가 이루는
일들을

빛과 어두움
다 함께 느끼며
선지자의 비애는
아쉽고 즐거운 마음을
서로 나누고

기약은 없지만
먼 훗날 아쉬움으로
환하게 다정하고
밝은 마음과
웃음으로 만나네

길 잃은 낙엽

먼 먼 산천에
길 잃은 가랑잎은
한 잎 두 잎
속절없는 바람에 날리고

티 없이
아름다운 영혼은
푸르름을 바라보며
먼먼 지난날
마음의 푸근함을
느끼고 느꼈었네

이젠 가랑잎과 같이
마음도 사랑도 영혼도
멀리 멀리 사라져
맑고 푸르른 곳에
날려만 가고 있네

그리운 님

외로이
서산에 노을을
가슴에 담고

황량한 들판
푸르름 딛고
쉼없이 걸어가네

지나는 길손마다
아름다운 마음을
서로서로 나누고
지나가지만
아무런 흔적이 없네

영원한 님은
태양의 빛처럼
변함없는 황금의 다리Golden bridge를 건너서
멀고 먼 천상天上의 인연으로 그리워하는

거북(龜)과 학鶴은 바위(岩) 위에 머물러
천년만년 영생永生을 꿈꾸네

또 다른 세상 世上

모든 건
고요하지만
때론 밝고
맑은 것만은 아니네

서로서로 나누어
모든 걸 잘 할려는 마음
밝은 하루도
뜻하지 아니한 일들이
흐리더라도
마음만은 흐려서는
아니 되네
또 다른 세상도
있기 때문에

제 **4** 부

영혼과의 대화

저 멀리 산은 나를 부른다
사랑도 운명이런가
빛이여 오래오래 머물러다오
외로운 주목나무
다가오는 분노
가이 없는 사랑의 길목에서
영원한 사랑과 진실
들국화에서
떠나가는 운명
믿음과 사랑
영혼과의 대화
숨어버렸네
주홍글씨
애모
위기는 기회
애타는 마음
어쩌다 알게 된 이름이여
강 건너 불구경
인생의 마지막 노래

저 멀리 산은 나를 부른다

높고 높은 하늘 위에
흰 구름 두둥실
떠다니고

고요히 내려쬐이는
밝은 빛은
옷깃을 스치듯
미세하게나마

이리저리
가늠할 수 없는
먼 길을 그려주네

오르고 올라가도
아직은 멀다

멀고 먼 곳
숨 가쁘게 우린 오르고
또 오르고 저 멀리
산은 나를 부르고 있네

사랑도 운명이런가

모든 걸 잘 하려고
이리 보고 저리 보아도
모든 건 어려운 것 같은
하나하나
생각하고 짚어보지만
어쩔 수 없는
마지막 길목인 것 같은
너나 할 것 없이
우리는 희미하게 보이는
먼 날을
움켜잡았네
만나고 헤어짐도
서로 느끼는 마음이
아무것도 모르는 순간
느끼지도 못하면서
만나고 이루어졌네
사랑도 운명이런가

93

빛이여 오래오래 머물러다오

하늘에 햇님 달님 별님
한 아름 가득한
우주의 영원한
너남 없이 볼 수 있는
오늘도 내일도
바라보고 또 보아도
별이 빛나는 밤에
수수만년 흐르고 흘러도
빛이 없으면 영혼이 사라지는
피할 수 없는
꿈과 희망과 사랑을
한 아름 가득 안고
영원히 깨어 있는
빛이고 싶어라
빛이여 오래오래 머물러다오

외로운 주목나무

외로이 홀로
높고 높은
구름도 쉬어가는
태백산
주목나무 군락지
흐르고 지나가는
구름과 산새를 지켜보며
실바람에도
흐느끼는
그대 외로운 마음을
홀로 지새우는
먼 하늘 반짝이는
별님을 벗 삼아
이리도 멀고 먼
살아서도 천 년
죽어서도 천 년을
늘 푸른 마음으로
지새우고 있네

95

다가오는 분노

느낄 수 없는 마음을
누구든 지니고
자기도 모르게
이루어가는 건
허구 많은 미래에 나타나네
어쩔 수 없는 일들이
닥쳐올 수도 있네

반드시 마음 먹은 대로만
움직일 수도 있고
꼭 그렇게 되어야 하지만
그렇지 않게 이루어가는
허상도 있을 수 있네

본능적인 마음은
웃을 수도 울 수도 없는
느끼지 못하는
분노로 나타날 수도 있게 되네

96

가이 없는 사랑의 길목에서

멀고 먼 곳에
보이지도 나타나지도
않는 영혼은
한 가닥 가느다란
빗방울처럼
흐르고 흘러
쉼 없는 푸르른
사랑의 바다를
이루어가네

마주보면
서로서로 마음과 마음이
하나 되는
높고 높은 사랑은
그대의 눈시울 속에
애절한 사랑으로
흘러 흘러 내리고 담기고
높고 높은 곳에서
가이 없는 사랑의 길목이네

영원한 사랑과 진실

먼 먼 하늘 속
태양이 비치는 한가운데
한낮의 빛은 사라지고
별이 빛나는 밤에
사랑은 반짝이네

잠시도 잊을 수 없는
하나하나 기억하고
가장 높은 곳에서
흐르는 물처럼
사랑도 물도
잊을 수 없는 흐르는
계절을 모두 지나
멈추어 생각이 나겠지요
영원한 사랑과 진실일 뿐이네

들국화에서

잊혀지지 않는
그리움이
불러도 대답 없는
님의 모습 그리며
외로이 가는 길에
낙엽만 날립니다

들국화 한 잎 두 잎
바람에 날리고
꿈엔들 잊으리요
잊을 수 없는 그리움이
서산에 노을이 지고
구름 속에 달 가듯
세월만 지나가네

떠나가는 운명

나도 모르게
찾아온
스스로 마음을
아름답게 나누며
스며드는 미래를
이젠 이루고
모든 걸 운명적으로
답답한 마음을
남겨두고
구름 속으로
철새처럼 떠나버렸네

믿음과 사랑

믿음은 가장 낮고
수많은 별처럼
반짝이면서
신神을 모시듯
믿고 믿어 괴롭고 슬픔들
끝없이 우러러
바라보고 흐느끼며
모든 걸 올려드리네

잠시도 머물지 않는
사랑은 가장 멀고 먼 곳
가까이도 깊은 슬픔 속에
스미듯 한없는
먼 날에 가냘프게나마
비쳐 주시는 변함없는
끝없는 빛이 우리의 사랑이라
믿어만 주고 있네

101

영혼과의 대화

모든 영성체는
느끼지도 보이지도 아니한
영혼이 스며있네

멀고도 가까운 곳
나타나지 아니한
마음이 그를 지나
다소곳한
맑고도 맑은
우린 느끼네

미명이 밝아올 즈음
깊고도 얕은 사랑이 있어
마음으로 느끼고
보이질 않는 맑고도 맑은
사랑으로 스쳐 지나가
영혼과의 대화였네

102

| 정의웅 제4시집

숨어버렸네

이루지 못한 마음을
고스란히 보여드리려고
귀한 나눔의 뜻을
아무도 모르게
숨기려고 해도
나눌 수 없는 마음을
신神과의 약속으로
깊고 깊은 곳에
숨어서 이루려고
잠시도 떠날 수 없는
그대의 마음은
바로 혓바닥 밑에
영원히 숨어버렸네

주홍글씨

아름답고
화려한 먼 날을
우린 서로 나누어
열심히 그려갈려고
이루어가고 있네

뜻하지 아니한
일들이 잠시 지나가도
그런 대로 좋을 것 같은
앞날에 시름없는
음성이 들려 왔네

누구에게 돌을 던지나
마지막 영혼 없는
그림자도 드리워져
모두의 품안에
변화의 글을 올렸네
주홍글씨로

애모 愛慕

조용한 곳
서로가 서로를
그려보는 마음
먼동에 빛이 스미듯
불러도 대답 없는
눈가에 애잔한 그리움이
님의 숲속에 서성이면서
차분히 스미는 이슬처럼
마음에 조용히 고여 있네

멀고 먼 보이질 않는
그리움 속으로
스미는 님의 마음에
애잔한 그리움만
아련하게 남아있네

위기는 기회

그대와 함께
끝없이 내딛는
하루 해도 짧다고
서로들 바쁜 걸음으로
내일의 솟아오르는
빛을 바라보네

다가오는 앞날에
뜻하지 아니한 일들이
다가오더라도
이러한 일들이
잠시 머물러
우리에게 주어진 일들이라
위기는 스스로 주어진
아름다운 기회가 되겠네

애타는 마음

아무도 모르게
홀로 느끼는 마음
가슴 조이며
이룰 것 같으면서
이루지 못하는
그 누군들 느낄 수 있을까
느끼지 못하는
마음을 나 홀로 느끼면서
모든 걸 이루려는 마음으로
하루하루를 지새우네
애타는 마음으로

107

어쩌다 알게 된 이름이여

어쩌다
보게 된 얼굴이여
살아가다 보면
알게 모르게
부르고 싶은 이름이여

만나고 싶은 모습이여
길 건너 강 건너
가다가 보면
낯설은 얼굴도
마주본 얼굴 같은 모습이여

부르고 싶은 이름이여
부르고 부르다가
지칠 이름이여
부르다가 불러도 대답은 없고
부르다가 부르다가 사라질 이름이여
부르다 불러도 그리운 이름이여
나도 모르게 따라간 이름이라
형님이라 부르고 싶네

| 정의웅 제4시집

강 건너 불구경

삶은 진지한 영혼을 모아
멀고 먼 곳까지
물 건너 어려운 일들이
그대 눈앞에 아른거리지만
스스로 주저하질 말고
먼 곳이라 마음은
멀리멀리 날리고 있네

가까이 더욱 가까이
스스로 강 건너
아름다운 마음은
활활 타지만

강 건너 불구경하질 말고
마음을 비우고
삶은 산을 넘고
강을 건너
헛된 불을 꺼주는 것이라네

인생의 마지막 노래 One last time song

멀고 먼
깊고 깊은 푸르름 속
너도나도 걸을 수 있는
구름을 탈 수 있는 그 곳으로
감미롭게 부르네

불러도 대답 없는
끝도 밑도 없는
천상의 노래로
한 폭의 그림 같은
잠시 하늘과 땅을
진동하는 찰나
꿈속으로 우린 사라져 갔네

어둠도 빛도 아닌
침묵 속으로
마지막 시간
아니 마지막 노래였었네

110

| 정의웅 제4시집

제 5부

또 다른 내일

흑조

보이지 않는 끝없는 방랑자

삶은 이래도 저래도

해 저문 저녁

또 다른 내일

그 날이 올 때까지 · 3

슬픈 연가

먼 먼 추억 속에 기다리고 있겠네

이웃 사랑의 손길

난의 그림자

맞이하는 진객

자기의 실체를 잊어버릴 때

가장 소중한 것

언어의 묘미

디딤돌

자연을 바라보다

느낌은

기다리네

흑조black swan

먼 먼 하늘 속
짙푸른 가운데
우린 고요히 살아가는
배달민족이었네

그 누구의 힘으로
가르쳐 주시지 아니한
단군의 후예로

흰 색깔을 즐겨
너도나도 옛날에는
흰색을 걸쳤네

어쩌다 탐식스러운
검은 옷을 입고
이리 뛰며 저리 뛰고
광대와 같은
흑조가 우리의 뇌리에
서성이고 아직도
마음을 비우지 못하고 있네

보이지 않는 끝없는 방랑자

찾아나서는
보이질 않게
모두의 슬픔 속에
스스럼없이 다가오는 빛처럼
스스로 이겨내려고
피해 갈려고
모든 걸 다독거리지만
모두는 우리보다
한 발짝 두 발짝
앞서가는
지치지 않는 불청객을
찾아 나설 뿐
영원히 우린 찾아 헤매는
끝없는 방랑자일 뿐이네

*세균의 돌연변이지만 유전될 수도 신경세포만 선택적으로 파괴
시키는 질병. 근육간 대경련 실행중. 호흡장애 저혈압 여성보다
남성이 1.5배 많다. 루게릭이란 병 진화하는 virus를 우린 쫓고
쫓을 뿐이네.

삶은 이래도 저래도

숱한 날을
그대와 함께
서로서로 마음을 나누고
뒤돌아보면
또 다른 아쉬움 속에
찾아 헤매는
거리의 길손으로
살아갈 수도
언젠가는 가냘픈 마음을
아쉬움 없이 살아가는
삶은 끝없는
미래를 바라볼 뿐
이래도 저래도
뒤돌아볼 수는 있어도
뒤돌아갈 수는 없네

해 저문 저녁

꿈속 같은
잠에서
갓 깨어난 마음은
가까운 곳에서
눈을 뜨네

밝고 밝은 흐림도
잠시 구름처럼
지나가고 있네

기쁨도 슬픔도
보이질 않는
먼먼 추억 속에
스치는 마음마다
아름다운 기억을
그려보면서

이젠 다가오고
서산에 해 저문 저녁
노을 같은 삶이
저물어만 가고 있네

또 다른 내일

바람의 흐름은
알게 모르게
시나브로 지나가네

잠시 이루고
움직여 해야 할 일을
미루고 미루다 보니
어언 하루해도
노을이 지는
언덕에 오르네

이룰려는 마음은
스치는 바람처럼
별이 빛나는
어둠이 오면은
내일 또 다시 밝지만

순간에 이루는 것과
지나서 이루어지는 것이
다를 수 있으니
미루지 말자
또 다른 내일이 다가오네

그 날이 올 때까지 · 3

잃어버린 영혼
아무도 모르는
잠시 허구 많은 일들을
허탈한 세계에 빠진
마음의 허공만이 남아있는
고요한 흐름이
그대 아름다운 마음 속에
아무런 느낌이 없는
장미꽃이 되어
앞만 바라보는
눈시울 속에 무엇을 그리는지
알 수 없는 그림자 속
빈자리만이
잃어버린 영혼을
장밋빛은 찾을 수 있겠지
그 날이 올 때까지

슬픈 연가戀歌

불러도 대답 없는
님의 모습 그리며
그 님은 그 님은
어디에 계시온지
기억조차 희미한
멀고 먼 지난날을
그리워하며
이리도 애타는 마음을
꿈엔들 잊으리오
꿈속에 꿈속에도
오시질 아니하네

멀고 먼 하늘가에
스스럼없이
사라져가는 건가요
바람에 속절없이
나부끼는 가랑잎이 되어
님의 창가에
한 잎 두 잎 떨어지는
슬픈 연가戀歌로만 남아있겠네

먼 먼 추억 속에 기다리고 있겠네

아름다운 영혼을
님과 함께
고요히 걸어서
멀고 먼 앞날을
우린 기다리네

활짝 핀 마음의 꽃을
그리워 그리워
기다리는 마음 속에
님과 함께 먼 길을
걸어서 가더라도
우린 가야만 하네

밝은 빛을 따라 바라보고
기다림의 흐름 속에
젊은 베르테르의 슬픔은
꽃피는 목련을 기다리고 있겠네

*괴테의 작품 중에서

이웃 사랑의 손길

먼 먼 지난날
두려움 없이
세상에 슬픔 빛의 언저리
스스로 느끼고
어둠을 스치는
허구 많은 소리를 듣고
들어도 어렴풋하게 느끼는
때론 마음을 나누고
스스로 움직여
뜰 수 없는 앞날을
바라보지만
타인의 따뜻한
손길의 마음을
가이 없이 사랑하며
이 세상을 걸을 수 있는
마음의 여유를
진정 고맙고
희망의 빛이라
상상하고 있네

난蘭의 그림자

그대 상상의 나래를 펴고
꿈속에 나비 나래를
영혼에 꽃이 피었네

떨리는 손길마다
아름다운 추억이
고스란히 피어
난의 그림자가
님의 마음에
영상이 새겨져 있네

이제 모두를 쏟아서 담은
아름다운 사랑이
난을 품고
영영 잊혀지지 않는
난의 그림자였네

맞이하는 진객

파아란 하늘
밝은 태양이
다가오는 빛은
기쁨의 마중이네

이 세상의 빛을
눈부신 순간
울음으로 빛을
맞이하였네

초조한 마음으로
주위를 지켜보고
긴장된 마음으로
떠나가는 빛은
잠시 잠깐
주위는 하나 둘 보이면서
서성이는 마중객들이
영생을 꿈꾸는
영원으로 고요히
슬픈 마중을 지켜보고
별이 빛나는 밤에
떠나가고 있네

자기自己의 실체實體를 잊어버릴 때

스스로
자아를 뒤돌아보면
아무도 느끼지 않는
스스로 깨우치는 순간

빛처럼
스치는 영혼靈魂의 보살핌으로
찬란한
때론 어둡고 차디찬
넓고 넓은 미래는
우릴 항상
밝고 따뜻한 곳으로
하늘을 우러러
한 점 부끄럼 없이
살아가리라
잊어버릴 수 없는
자기自己의 실체實體를

가장 소중한 것

멀고 먼 중천에
떠오르는 빛
밝은 태양을
우린 느낀다
고요한 마음으로
밝고 맑게
멈추어 바라보리라

숨 막힐 듯
뜨거운 햇살을 뒤로하고
또 다시 느낀다
쉼 없이 계곡에
흘러내려오는
맑은 물은
진정 우릴 푸근하게 감싼다

빛도 흐르는 맑은 물도
우릴 진정
껴안듯 지나가듯
따사로운 마음이
진정 보이질 않는
사랑이 가장 소중하네

언어言語의 묘미妙味

오늘도 내일도
밀려오는 파도처럼
가까이 가까이
들려오는
실바람 부는
물결 위
일렁이며 다가오네

흐트러진
실방구리를
산만한 미로로
하나하나
실타래를 풀듯이
차분하고 조용히
풀어만 가고 있네

125

디딤돌

밝은 날을
바라보고 가다가
높은 산 계곡
흐르는 물가에
나타난 돌은
걸림돌이 아닌
디딤돌이고
디디고 건너는
징검다리이네

흐리며 내리는
빗방울은
적시는 것이 아니고
흐르는 마음처럼
산과 들의
아름다운 자연의 꽃을
피워주고 있으며
영혼의 갈증을
풀어주는 감로수로
무지개가 서산에 뜨네

*토머스칼라일(Thomas carlyle, 영
국英國의 비평가 및 역사가)─존
재하는 것은 다 옳다

126

정의웅 제4시집

자연自然을 바라보다

스스럼없이
고요한 영혼은
풀숲에 피어나는
이름 모를 한 떨기 꽃처럼
고고한 모양새로
모두를 바라보고
아름답다 즐거워하지만
꿈속에 깨어나니
꽃도 지고
꽃잎도 미세한 바람에
낙엽처럼 한 잎 두 잎
계절 따라 가버리고
이제 영혼靈魂이 보이질 않듯
모두들 사라져
다소곳이 자연으로 돌아가고 있네
그대와 함께

느낌은Feeling

멀고 먼 곳
산 능선에
구름처럼
꿈속에 다가오는
느낌은
가장 가까이
아름다움이

스스럼없이
차분히
모든 걸 살펴도
나도 모르게
그대와 같이
기쁨이

잠시도
스스로
느끼지 못하는
마음으로
먼 아지랑이
아롱거리는

128

사라질락 말락
남 모르는 행복이
자욱하게
머물러만 있네

물망초 |

기다리네|Wait for me

멀고 먼 것 같지만
어쩌다 가게 된 앞날은
우린 다 같이
더 나은 미래를
찾고 찾아
지나가고 있네

홀로 걸어간다지만
때론 길손도 만나고
강을 건너
아름다운 꽃도
모두를 바라보고
여기까지 왔네

그러나 묵묵부답인 것 같은
세월은 저만큼 기다리고
또 기다리고 서성이고 있네

130

작품후기

   늘 푸른 하늘과 땅 사이에서 또 다른 푸르름을 느끼며 우린 바다와 강을 상상하게 됩니다. 물의 흐름도 멈추어져 고여 있으면 아무런 쓸모없는 물이 되어지게 마련이지만 보이지 않고 흘러흘러 새로운 미래의 삶을 아름답게 새겨주면 맑고 맑은 밤하늘에 달이 지나간 날 총총히 반짝이는 별이 또 다른 아름다움을 느끼게 합니다.

   가냘프고 여리디 여린 마음의 표현이지만 독자들과 다 함께 조그마한 마음을 나누어 드리고 싶었습니다.

   멀고 먼 새벽녘 솟아오르는 빛을 바라보듯 아낌없이 베풀어 주신 존경하는 스승님 문학박사 홍윤기 교수님(한국현대시문학연구소장, 국제뇌교육종합대학원대학교 석좌교수)과 항상 변치 않는 마음을 지닌 금생의 아우님 제갈정웅(경영학박사, 감사나눔연구소 이사장)과 아름다운 정을 간직한 모두에게 사랑과 기쁨을 한 아름 보내드리며, 희망의 미래를 바라보고 성스러운 영혼을 담아 소중한 인연들께 진심으로 이 글을 올립니다. 감사합니다.

131

                    2017. 5.

                              시인 정의웅 드림

정의웅 제4시집

물망초

•

지은이 / 정의웅
발행인 / 김영란
발행처 / 한누리미디어
디자인 / 지선숙

•

08303, 서울시 구로구 구로중앙로18길 40, 2층(구로동)
전화 / (02)379-4514, 379-4519
Fax / (02)379-4516
E-mail/hannury2003@hanmail.net

•

신고번호 / 제 25100-2016-000025호
신고연월일 / 2016. 4. 11
등록일 / 1993. 11. 4

•

초판발행일 / 2017년 6월 15일

•

ⓒ 2017 정의웅 Printed in KOREA

•

값 10,000원

•

※잘못된 책은 바꿔드립니다.
※저자와의 협약으로 인지는 생략합니다.

•

ISBN 978-89-7969-743-8 03810